현대시세계 시인선 137

오늘이 좋은 몇 가지 이유

이필수 시집

오늘이 좋은 몇 가지 이유

이필수
시집

도서출판 북인

시인의 말

꿈에도 그리던 시집을 낸다.
이번 생에는 못 낼 줄 알았던 시집을 낸다.
모처럼 내가 대견스럽다.
하지만 그도 잠깐이다.
이 낯 뜨거운 삶의 속살들을
세상에 드러내보일 생각을 하니 캄캄하다.
눈에서 손에서 익은 누더기 기워 이불 한 장 만들었다.
그러나 공들여 기운 누더기
등단 10년 만의
첫 시집이다.
부족한 저에게 늘 따뜻한 손길 내밀어준
주위의 고마운 분들께
이 부끄러운 누더기 시집을 바친다.

2021년 초겨울
이필수

차례

2부

3부

4부

1부

작설차

동지섣달 긴 밤 내내
꽁꽁 얼고 언
말간 숫돌에
시퍼렇게 갈아 여민
비수 같은 향을 꺼내
단번에
봄별의 눈동자조차 녹이고야 마는
살라 시퍼런 향기 한 모금

오늘이 좋은 몇 가지 이유

기지개를 켜며 사지를 쭉 뻗을 수 있어서
손끝에 힘줘 머리 밑을 박박 씻을 수 있어서
오른손 왼손 번갈아 머릴 말리고
따뜻한 물 한 잔 건네며 아침 인사를 하고
시래깃국 끓일 수 있는 저녁이 있어서

국정을 농단할 힘은 없지만
어두우면 밝힐 수 있는 촛불이 있어서

더하지만 말고 빼보면 안다지
행복이 바로 곁에 있다는 것을
누진세 없는 행복 맘껏 누릴 수 있어서

뭐든 희망할 수 있는 내일을 꿈꾸며
몇 십 년을 갈아도 무디기만 한 시심詩心이
어느 순간 돌연 탁 튈 것 같은 기대로 가득 찬
그런 오늘이 있어서

공회전

오늘도 구순의 엄마께 가지 못하네
가면 될 것을
그냥 가면 될 것을
피가 끓는 안부 끝에 엄마를 매달고도
내 사는 형편이 족쇄가 돼서
그 족쇄 엄마보다 훨씬 힘이 세서
오늘도 가지 못한 채
마음만 공회전하네
한 발짝도 내딛지 못하고
바싹 타는 마음만
시커멓게 시커멓게
공회전하네

무용지물

진실을 보지 못하는 눈
진실을 말하지 못하는 입
생각을 못하는 뇌

상황을 왜곡하는 이기심
무엇보다
뛰어야 할 때 뛰지 않는 심장

제 역할을 멈춘 것들

모두 먹어치우고
피똥으로 싸버리겠다

점이

기일만 되면 운다
녹슬지 못한 그리움도 그렇고
정 다 떼지 못한 아쉬움에
기일이면 꼭 우는 막내
막내 점이가 운다
아직도 선명한 발자국 따라가보면
마음 끝 그 자리에 잊힌 것도
그렇지 않는 것도 같은 삼십 촉 전구 아래
풍경이 서럽도록 푸르다
제기를 닦다가도
사진틀을 닦다가도 막내 점이가 운다
이승시름 놓지 못한 초상화가 야위었다고
점이가 울고 모두가 운다
액자 속 아버지만 웃고 계신다
접동새 웃음을 베어물고 계신다

말들이 날아다닌다

털이 부숭부숭한 말
곰팡이가 슨 말
헛발질로 뒤통수를 치는 말
뒷발질로 코피를 부르는 말

상처난 말
주저앉는 말
채찍을 들어 따라가는 말
말굽도 없이 천 년을 가는 말

길 잃은 말
길 잃지 않은 말
말 같은 건 애초에 없었던 말
말 같지도 않은 말

눈 먼 가로등

충혈된 눈은 냉소를 띠고
한때 전부였던 것들의 뒷모습을 본다
꽁지를 빼는 벌레 먹은 시간들
멀쩡한 것들이 뒤통수를 쳐오면
지진 같은 공포
비틀거리는 오늘
이 길이 그 길이었나
익숙한 것들은 어디에 있나
기다리는 것들은 어디쯤에 오나
캄캄한 길에 졸고 있는 가로등

어머니

부족했던 살림보다 넉넉했던 염치
빈 곳을 채워나가시던 그 발길
용돈을 달라시던 그 어색한 웃음이 그립습니다
바쁜데 뭐 할라고 왔냐
와줘서 고맙다던 당신의
그 속절없는 기다림 뒤로 하고
반겨이나 가하듯 떠나셨지요
지척인 오빠집의 양념과
소소한 일상을 실어 나르시던 당신
이제 당신의 텃밭에는 길고 또 짧은 손가락들이
두 주먹 꼭 쥐고 오늘을 살아냅니다
부재로 인한 존재
노인회관 앞을 오늘도 서성이는 당신
점조직처럼 찾아든 겨울 앞에
생각만으로 따뜻한 당신이 있습니다

낙화

깔깔거리며
꽃이 진다

안개처럼
꽃이 진다

이쯤에서
돌아서자!

마음을 접으면서
꽃이 진다

봄날이 가고
봄날은 가고

발끝마다
발끝마다
하얗게 진다

믿었던 마음들이
까맣게 진다

암향부동

엄동설한 추위마저 이긴 티 없이
갓 시집온 색시처럼 다소곳하다
앙다문 입술 사이 향기만 새롭고
감추어둔 속내 가슴속 꽂힌 작살을 본다
은둔의 결가부좌 스스로 풀어
더디온 널 반겨
봄볕 쨍그랑
휘파람 부는 오후

엄마의 함지박

여섯의 생명줄을 함지박에 이고 날라 울 엄마는
절굿대를 닮았다
비가 오는 날이면 석 잔 술에 불콰해져
"거름은 가지보다 뿌리에 하는기다"
흘려듣던 그 말이
어머니적 나이가 되어서야
비수처럼 다가온다
가지는 다 잘려나가고
거름 준 뿌리만이 그 뜻 거스르지 않았다는 듯
제가끔 여문 뿌리 내렸다
생의 뿌리를 위해 함지박으로
거름을 나르시던 어머니의 그 팔순 함지박에
꽃더미 슬몃 올려본다
1920년 3월 3일 생
울 엄마의 함지박이 이제야 환하다

흔적

태풍 경보가 떴다
이런 날이면 태풍 마중을 하고 싶다
거센 바람 온몸으로 맞으며
내 둥지만 무장을 했던
내 생각만 앞세웠던 심장을 겨눠
꽝, 꽝,
못질로 사나웠던 몸과 마음 내어놓고
천지간 사정없이 후려치고 찢어발기는
저항할 수 없는 심판 앞에 앉고 싶다
꽃 피고 새 우는 소리조차 조용하다
다시 시작이다

수렴청정

엄마는 그랬다
무능한 군주를 왕좌에 앉힌 엄마는
수렴청정하듯 모든 걸 해치웠다
병명도 알 수 없는 군주의 병수발이며
이고 또 지고 나른 일상들이며
여섯이나 되는 자식을 밑천이나 되는 듯
몸빼 속에 여성을 감추고
투사처럼 해치웠다
무능한 군주 무엇으로 약발을 받았는지
거동할 기운 생기면
어김없이 드나들던 서포집
해질녘이면 아버지 모시러 가기 싫어
동생과 실로 사투를 벌였지
친구들이 볼까
안도보다는 늘 불안함이었던
취한 아버지 모시고 오던 길
아버지라는 이름만으로 군주가 될 수 있었던 그때
수렴청정 끝내 내려놓지 못하신 어머닌
뭇내 나는 가난을 말리며
박꽃처럼 웃으셨지

그 집 1

우물이 있었네
세상의 중심이던 그곳에
삿대질하던 아낙들이 시퍼렇게 화해를 했지
태풍이라도 불라치면 우물을 덮고 남을
옆집 장두감 가지가 월담을 하고
입이 귀에 걸린 우리는 땡감을 따서 우려먹던
감꽃 같던 시절
화수분처럼 샘솟던 그 우물
병명을 모르던 아버지처럼 말라만 갔네
가난이 마른버짐처럼 퍼져갔고
산초알 같은 눈망울 덮을 수 없어
엄마는 우물이 되었네
폭우가 퍼붓던 날 한 잔 한 옆집
천센의 단정치 못한 말들이 범람했지만
내가 언제!
증명할 수 없을 만큼
하늘은 높아 있었고
꽃이 된 엄마가 박제되어 걸린 집

가면

손잡고 꽃구경 가자더니
손잡고 달구경 가자더니
태풍을 등에 업은 먹구름인 줄 몰랐네
손잡는 게 아니었어
선뜻 잡는 게 아니었어
사람이라 못할 일을
사랑이라 위장하고
40년을 수장시킨 가면의 위력
부딪쳐서 더 푸른 파도같이
제대로 인양될 시간을 기다린다

유물처럼 발견될 진실의 시간을

그 집 2

스무 살 가시내
가마 타고 시집간 그 집
새 신랑은 우인들 따라가버리고
올빼미처럼 홀로
첫날밤 밝힌 집
시에미보다 무섭다는 동서가 호랑이처럼 버티고
5분 거리 친정이 천 리 같았던 그 집
네 번 변한 강산이 광산이 되어도
호랑이 등에 올라탄 서늘함 잊힐까
발효된 생각들이 곳곳에 들어차
한 오백 년 살아낸 것 같은
첫날밤 그 집

2부

그날

산통만 1박 2일
낭자한 고통 속에 우레 같은 소리
"아들입니다"
온 세상이 내 것이다
비범한 것 같은 유년은 찰나
여기 기웃 저기 기웃
기대는 빗나가고 우려는 적중
서울 부산 대전 찍고 삼 천 리가 좁다
주문 같은 잔소리는 게 등에 소금 뿌리기
방랑객이 따로 없다
꽉 찬 나이는 절실함을 부르고
장가 들란 주문에 객쩍은 소리
"올 가을에 장가가 줄까"
그날보다 더 큰 천둥 같은 소리

행복 시그널

인연

인과 연, 인연因緣은
좋을 때 쓰는 단어라는 오해
반대말이 악연惡緣이라는 착각

아무리 질긴 악연이라도 그렇지
눈이 까만 가시내가 시험 이틀 전에도
책 대신 염소를 몰았던 시간에도

마음과 다른 남루함으로
친구들이 옷을 사주던 녹녹치 않던 시간에도

충분히 마음을 열 만했고
뒤통수를 맞은 대재앙 앞에서도
인생 3막 할매가 되어서도
끝내 마음을 열지 않는 매정함

눈앞이 침침한 이 시간에도
손끝마다 나를 붙드는
인연인 듯 악연인 그것
시詩라는 태산

기다림

쥐구멍이라도 괜찮아
우린 우리의 길을 가면 돼
덫에 걸리면 꼬리를 잘라주고서라도
살아남아야 해
비록 쥐뿔밖에 없지만
그거라도 있는 게 어디야
근심어린 눈빛 지우고
반짝이는 내 눈을 봐봐
여기도 쨍하고 볕들 날
곧 온다니까 그러네

이석증

빙글빙글
세상이 돌아버리면 좋겠다는 생각
기도발 받았는지 사정없이 돌고 있다
어디가 고장일까
어디가 고장일까
생각 없이 섭취한 식습관의 이상일까
과부화 걸린 뇌가 이상일까
구멍구멍 염려가 쏟아지고
닥치지 않는 걱정에 잔머리가 돌고
빙글빙글 정리되지 않은 생각이 돈다

방치된 것들의 반란이다

까닭 없이 넓어지고 겸손해진다
자신을 지키라는
주위를 살피라는 시퍼런 경고
이석증이란다
안도와 함께 그 옛날 남자였던 사람이 보인다
세월 때문이다
미운 정 때문이다

청신호다

목백일홍

열흘 굶은 아우성으로 꼿꼿하다
붉은 피 뚝뚝 흘리며
꽉 쥔 주먹
허기진 팔을 뻗어 꽃을 피운다

춘궁기
입 하나 덜려고
꽃 피면 친정 갔다
꽃 지면 돌아온다는
백일 붉어 백일홍

슬픈 사연 안아서 더 붉은 게지
아홉 고개 넘고 한 고개 남아
꽃빛 옅어지고 벼이삭 고개 숙인다
온전히 자신을 태운
아파서 더 붉은 삶의 역습이다

강지원

외줄을 탄다
단단한 희열이다
익히 아는 세상은 없다
첫사랑이다
이천칠년 십삼일의 금요일 진시
맑고 밝은 지혜의 근원
— 지원智原
내 인생 3막의 시작이다

섬진나루

도도하던 옛날은 실종되고
모래성이나 쌓는 일상
방심하다 밀려온 망덕항 전어
깃발만 펄럭인다
몇 놈이 달려들어 퍼낸다고 마를 강물이더냐고*
호통을 치던
강은 몸살을 앓고
웅성웅성
거품 문 재첩의 분노를 풀자
앞마당 차고 오른 바다마저 보듬고
섬진강에 수장된 곰삭은 정을 건져내자
지역감정은 싫다는 재첩의 푸념을 달래며
월선이가 용이를 기다리던 그 강을 만들자

*김용택의 시 「섬진강 1」 중에서.

희망연대기

학고 다닐 땐 공부 잘하는 사람이
철든 후에는 시집 잘 간 사람이
세상 살다보니 돈 많은 사람이
시를 만나고는 시 잘 쓰는 사람이
내 능력 밖의 사람들과 비집고 나온 고통으로
언저리만 맴돌다 등이 시리다
아직 하늘 푸르고 건강하니 뒤로 돌면 일등
주도적 삶을 살아내자
그때 익히지 못했던 방식
내가 지구다

바다로 사는 일

살아간다는 건 세상과 하나 되는 일이다
무엇이든 받아들인다는 것이다
예측할 수 없는 폭우를 만나고 백주에 맹수를
만나도 담담히 견디는 일이다
익숙한 것에 걸려 넘어져도 다시 일어나 들러붙는 일이다
바다임을 확인하는 참치라도 끓여 먹는 일이다
무뎌지지 않게 생각을 지키는 일이다
다시 바다가 되는 일이다

탈고할 수 없는 시

요양병원 6인실 구순의 어머니
이젠 아무것도 필요없다며
부적처럼 걸고 다니던 목걸이를
풀어주실 때까지 몰랐네
눈뜨면 이승이고 눈감으면 저승인 줄을
서울 언니보다 부산 동생보다 엄마 찾는 횟수가 적어도
내일 또 내일하며 하루하루를 밀어내고 있었지
아득한 그 길이 지척인 줄 모르고
그해 유난히 빛났던 봄날
쉽게 접할 수 없는 공연을 보고 흥얼거리며 집으로 왔지
엄마의 마지막 공연을 놓친 줄도 모른 채
나하고는 무관한 듯 소풍을 끝내신 어머니
“어서 가거라 바쁠 텐데…”
기다렸다는 듯이
돌아서 나오는 발걸음이 이렇게 가벼워도 되는가*
통곡을 했었던 그 시도 허공에 돌고
잊지 못할 그날도 허공에 돌고

엄마 우리 엄마 잘 계시죠
저세상에서도 자식 안녕을 빌고 계실 우리 엄마는!

*복효근의 시 「고려장」 중에서.

너만 보인다

유모차에 곤히 잠든 아가를 볼 때도

총총총 걸어가는 아이를 볼 때도

장난감 사달라고 떼쓰는 아이를 볼 때도

넓고 텅 빈 운동장을 볼 때도

나만 보인다

운전자가 됐을 때는 운전자로

보행자가 됐을 때는 보행자로

판매자가 됐을 때는 판매자로

구매자가 됐을 때는 구매자로

젊었을 땐 젊은이 입장으로

나이 드니 늙은이 입장으로

자식일 땐 자식 입장에서

부모 되니 부모 입장에서

역지사지라고 핏대를 올리는 이 순간에도

그땐 그랬지

춘기, 종기, 상기, 순기, 성기, 덕기
울어메 시집오니 막내삼촌 여섯 살
아직 어려 혀가 짧은 삼촌은 현수야 현수야 하며
엄마 치맛자락 놓지 않았다지
텅 빈 곳간에 소리만 요란해도
내리 아들 여섯을 놓은 할머니는
긴 담뱃대로 재떨이를 탕탕 치시며
돌이면 다 돌인가 나는 경주 옥돌이라며
타고나신 좋은 시절을 누리셨지
고된 시집살이를 하던 엄마보다
늘 간식이 떨어지지 않는 할머니 주위를
맴돌았던 막내와 나
지난 2월 유난히 많은 눈이 내리던 날
정 많고 다혈질인 작은아버지가
호국원에 터를 잡으시며 한세대가 저물었다
집안의 기둥이 되어주셨던 작은아버지
모처럼 모인 사촌들로 하늘길이 북적인다
마스크 쓰면 길 가다 만나도 모르겠다는 큰집 막내의
웃픈 너스레에 답해주실 작은 아버지
수십 년이 지나도 변치 않을 정겨운 흔적

버킷리스트

줄곧 고향을 지켜왔거나
시절인연으로 찾아왔거나
피어 헝클어져 꽃이 된 친구
말도 안 되는 소리로 웃고 떠들고
겁을 상실한 아줌마로 살아가지만 고온다습한
가슴을 말려가면서 가끔은 엉킨 실타래를 같이
풀어줄 친구

일출보다 일몰의 아름다움에 동화되고
옆지기의 흉허물에 박장대소하는 친구
커피 한 잔을 서로 사겠다며 귀여운 허세를 부리고
무심하게 조여오는 내일에 당당하게
살아 있음이 축복이라는 친구
버킷리스트에만 맴돌고 떠나본 적 없는 여행을
같이 떠날 친구
한걸음 나아가는 노둣돌을 만들고
가끔 먼지를 털며 지난 시간을 손 맞잡고 이야기하는
긴 터널 끝에 빛처럼 서 있는 그런 친구

십리 벚꽃길

꽃 피어도 눈물 흐르고
꽃 져도 눈물 난다
화개에서 쌍계까지
그 꽃길 어찌
눈물 없이 갈 수 있고
울음 없이 올 수 있을까

한세상이
꽃 피고 지는 사이
한평생이
눈물에서 울음까지
화개에서 쌍계까지

3부

섬진강

깊을수록 고요하다
넓을수록 한가하다
화개를 지나온 강은 넓어지고 깊어져
화심나루에서 잠시 걸음을 멈춘다
가슴마다 꽃을 피운다는 것인지
꽃보다 마음을 연다는 것인지
강의 갈비뼈를 들여다보는 동안
어느새 지리산이
곁에 앉아 붉은 땀을 씻고 있다
꽃 피고 잎 지는 사이
참 멀리도 왔다
곧 노량에 닿을 것이다
강은 제소리를 얼음에 가두고 더 고요해져
마침내 바다에 닿을 것이다

평사리 단상 1

추수가 끝나야 비로소
평사리 문장이 시작된다

낟알을 쪼아먹는 참새들이
상형문자로 시를 쓰고
두더지는 땅속에 묻힌 갑골문자로 소설을 쓴다
메뚜기들이 갉아놓은 쉼표와
우렁이들이 몸으로 쓴 마침표 하나까지
모두가 문장이다
가끔 길 잃은 독수리가 잘못 쓴 철자는
바람이 고쳐준다
원고가 넘겨지면
부부송이 눈으로 표지를 만들어
책으로 엮을 것이다

봄이 되면 사람들은
평사리 행간마다 배여 있는
매화의 은유와 벚꽃의 이미지에 감탄하면서
가장 아름다운 문장은
자연이 쓴 것임을 알아챌 것이다

삼태다원 그 사내

"첫 물 따서 임금께 드리고
두 물 따서 원님께 바치고
세 물 따서 내 낭군 드리고…"*

찻잎 따는 어머니 타령소리에
잔뼈가 굵은 사내

天, 地, 人
세상을 받쳐든 세 개의 기둥
삼태三台

기운 세상을 향기로 받쳐보겠다고
하늘 맞닿은 그곳에서
수염에 다향 묻히며 사는
그 사내

*「화개타령」 중에서.

평사리 단상 2

울긋불긋 허수아비 멋쩍게 웃고
코스모스 도열해서 손을 흔든다
감 ,밤, 호박을 파는 노점상 아낙들의 뜻밖의 인심에
뒤가 돌아보이고
담장마다 주렁주렁 희로애락 열렸네
낮은 처마 아래 임이네가 나오고
보름마다 열리는 최참판댁 축제에
술독 오른 주갑이 아재 코가 붉게 익고

징징징징…
지천을 흔드는 저 소리
징징징징…
강청댁의 야삼경이 오죽처럼 검어도
징징징징…
주객이 하나 되는 평사리는 축제다

언제부터 서 계셨나 박경리 선생님
별당 연못 소망으로 차오르고
같은 걸 다르게 파는 가게마다
귀촌한 그림똥 아저씨가 그린

자화상이 걸려 있고
감나무 훑고 온 바람 살랑거리면
조숙한 애 몇은 홍조를 띠는

만 가지가 익어가는 평사리는 생명이다
생, 사가 같이 사는 평사리는 생명이다

선거유세장을 지나며

공자 왈 맹자 왈
말씀들은 청산유수
곱씹을 말 한마디 없는
허무한 개그

과장광고로 나부끼는
천수보살 같은 저 손들

사람은 많은데
사람은 어디에도 없는
희한한 광장을
나풀나풀 어린 손녀가
민들레 홀씨처럼 지나간다

흐려서 선명해지는

백내장이 왔다
어른거리는 글자 속에 엄마가 보인다
그때였었지
엄마가 백내장 수술을 하려던 때가
말도 때가 되어야 들리는가
이제야 선명해지는 그때 그 말씀들
흐릿해져서야 들리는 말씀들
자꾸 눈이 매워지는 그 말씀들
만질 수 없는 말씀들
이제야 선명히 보인다
잘 살아볼게요
애꿎은 돋보기만 닦고 또 닦으며

수해복구

둥둥 떠다니는 공포
아래로 흐르는 건 위협적이다
책묶음이, 장독이, 소가, 돼지가,
섬이 되어 떠다닌다

비명은 강물에 휩쓸리고
망연자실한 눈빛들
말을 잃은 표정들

저벅저벅 진군해온다
사방에서 모여든 도움의 손길들
개미군단들이 공포를 치운다
하루 이틀이 아니다
시간과의 싸움이다
물보다 무서운 손길들
인간 승리다

그래서 섬진강은 흐르고
그래서 섬진강은 또 꽃이 핀다

행복한 위장

갑자기 손주가 온다고 전화가 왔다
어젯밤 사소한 일로 다툰 우리 부부는
싸움부스러기를
위장하고 덮느라 바쁘다

사소한 일에 발끈하곤 하던 내가
어젯밤에도 사소한 일에 목숨을 걸었다
잘 먹지 않은 화장처럼 불편한 심기는
손주가 온다는 전화로 일단락되고
언제 그랬냐는 듯 신이 난 남편을 보니
따라서 슬그머니 평화로워진다
치약 짜는 일까지 다른 우리가
손주 앞에선 하나가 된다

손주를 어르던 옆집 할배 말이 생각난다
자식이 이렇게 예뻤으면 열도 더 낳았겠다!
경우의 수는 없다
몰빵이다

불치不治

끝날 때까지 끝난 게 아니다
상처의 끝은 그렇다
이젠 그만 끝내고 잊고 싶지만
뜻대로 되지 않는다

흐릿한 것들에는 부딪히지 않는다는데

나를 대신할 거라고 믿었던 친구가
등을 보이고는
대수롭지 않은 듯 걸어가는 모습은
도무지 잊히질 않는다
내가 더 괜찮은 인간임을 확인하기 위해
네가 아닌 나를 위해 거론 않기로 공표했지만
뿌리 깊은 상처

20년이 지나도 살아 있는
잔인하도록 강한 기억의 늪
시간으로도 지우지 못하는 기억이 있다
흑백 사진이 더 아프다

홍시

뭐 좀 묵었나
점이한테 전화는 해봤나
일찍 일찍 댕기거라
감이 익었다
홍시 되기 전에 얼릉 따가거라

평사리 대봉감이
붉은 등을 켜면
엄마의 염려들이 전화기에 대롱거린다
홍시처럼 말랑해진
엄마의 목소리가 땡감처럼 목에 걸린다

더 붉게 익으려 뙤약볕도 마다하지 않은 당신

서리는 내리는데
나도 곧 홍시가 될 텐데
입동 전에 감꽃 같은 손주 앞세우고
엄마에게 다녀와야겠다

화석

학교 도서관에서 이 책을 본 뒤
엄마께 꼭 사드려야겠다는 생각이 들어
큰 서점들을 돌아다녔는데 그곳에서는 찾지 못하고
마침내 이 책을 찾았을 때
얼마나 기뻤는지 몰라요
예전엔 '엄마'라는 단어 생각하면 편안했었는데
요즘엔 그 편안함과 함께 아픔도 같이
묻어서 나옵니다
엄마!
예쁜 우리 엄마!
보여드릴 수 있는 사랑은 아주 아주
작다는 거 알고 계시죠

— 1996년 5월 14일 엄마딸 인이가

'잘'에 대한 경배

그냥저냥 살기도 힘든데 '잘'이라니
잘 살아야 하고
공부도 잘
결혼도 잘
돈도 잘 벌고
'잘' 하고는 거리가 먼 내가 '잘'할 수 있는 한 가지
네 탓이던 가시들을 풀어놓는다
척박했던 내 인생의 여한도 흘려보내고
연명치료도 장기기증도
웰다잉도 '잘' 준비하여

'잘'이란 부류에 합류하다 가는 생이니
'잘' 살았다는

사는 게 별 거지

눈맞춤 한번에 가슴이 터지고
토닥이는 손길 한번에 세상이 녹고
자식의 전화 한 통에 발걸음이 새털 같아지는
인생 참 별 거더라
결코 순조롭지 않은 인생이라지만
결정은 오로지 나의 몫이고
입방아 찧고 주리를 틀어도 진실은 진실
자신을 속일 자 하늘 아래 없대도 휘둘리다 만신창이 되는
인생 참 별 거더라
진실을 묻어버린 그 긴 터널을 잊은 듯 걸어나오는
인생 참 별 거더라
그러고는 포기한 듯 하늘만 보고
천당과 지옥을 오가며 살아낸 인생
거참 별 거더라

도반

철없이 떠난 시집살이라는 고행의 길
평범하지 않는 호랑이가 도사리고 있었지
말씀 못하시는 시어머니를 대신한 동서의 시집
옛말에도 시어머니 시집은 살아도 동서 시집은 못 산다는
동서의 시집
그 시집을 이기게 한 시누이
선입견은 가라
대형급 태풍에 가지가 찢어지기 몇 번
헝클어진 실타래를 묶고 풀기를 수십 번
설익은 우리를 시간이 발효시켰지
시가에선 그가 시누이
친정에선 내가 시누이
역지사지가 피어 헝클어져
세상살이에 정진하는 도반이 된
저세상까지 같이할 명징한 동행

민달팽이

질질 침까지 흘리며
온몸으로 기어야 해
손과 발만으론 안 돼
옆도 뒤도 돌아보지 말아야 해
오로지 한 길만 걸어야 해
한눈 팔 새 어디 있어

짊어진 우주의 무게가 힘들어도
불볕이 내리쬐기 전에 도착해야 해
저 곳이 내 집인데
영끌이라도 해서 다다를 마침내 그곳

월척

강변이 북적인다
낚싯대 드리운 무리들
연신 곁눈질로 바쁘고
튀는 숭어처럼 진득하지 못하다
너는 잡는데 나만 못 잡아
이럴 땐 피라미도 위안이 된다
주차를 못해 몇 바퀴를 돌며 장애우
주차구역이 부러웠던 그날처럼
입질이다
찰나의 긴장
금붕어를 기다린다
나도 그렇다
모처럼 한마음이다

4부

그곳에 간다

심란한 마음 다독이려고
동백이 산다는 옛 절터 찾는다
거기서 푸른 표정 배우고
당당한 모습 배우고
이웃과 손잡은 배려 배우고

타성에 젖지 않은 신선함도 배우고
혈서로 쓴 붉은 신뢰도 배우고

죽어서도 죽지 않는 의연함을 배우고
동박새 기다리는 동백의 절실함도 배우고
엄동설한 이겨낸 인내도 배우고
무엇보다 떠날 때가 아름다운 뒷모습을 배우고

예측불허

코로나19가 세상을 묶었다
몇몇 나라가 아닌 전세계를 묶었다
3차대전도 아닌 것이 던진 폭탄의 위력에 세계가 휘청
같이 가자고 서로 나누자고
세계가 하나라더니 예상치 못한 대면은
공포로 휘둘리고 감추어둔 것들과의
발목은 뜻밖의 곳에서 잡힌다
동남아에서 유럽까지
돈이 없어 못 가던 곳이
돈 있어도 못 가는 곳으로 바뀌었다
최소한 공평해졌다고 웃을 수는 없다
팬데믹 시대에 갇혀 생각만 글로벌해지고
수족이 묶인 시간들은 사족을 달고
걱정스레 준비한 내일은 걷어차이기 일쑤
망각으로 인한 상실의 시간이 부디 길지 않기를
가까워야 같이 간다는데 더욱 멀어지는 너와의 경계
내일은 나의 것이 아니다
겨울준비를 잊은 다람쥐처럼 빈손만 비비고 있는
허망한 일상이다
그래도 내일의 해가 뜨고

나는 한 그루 사과나무를 심을 뿐
평생 뽑지 못한 '나'라는 아집의 핀을 뽑으며

노을

흐린 가을 하늘
성질 급한 낙엽들
겨울 채비를 하면
덩달아 허무해지는 시간이 있다

나는 정말 익어가고 있을까

우린 늙어가는 것이 아니라
익어가는 거라고 목젖이 보이게
불러젖힐 때마다 드는 의문이다

네 탓 내 탓에 밤을 밝히고
돌부리에 넘어진 익숙한 길은
자책으로 주저앉았지
도저히 소화될 것 같지 않던
모진 풍상도 삭아내린
무서운 세월 앞에 우린
제대로 익어가고 있겠지

곱게 물든 단풍처럼

오늘이 지나야 비로소
맞이할 것 같은 겨울
그래서 흰 눈도 따뜻하겠지

앞산에 젖다

제대로 대면한 적 없는 눈만 뜨면 보이는 다압 무동산
무동산이라느니 무둥산이라느니 말들 있지만
내게는 무둥암으로 남아 있지
그 산을 요즘 유행하는 산 멍때리기가 불러들였다
비가 많이 오면 쓸려 내려갈 것 같은 찻집
사찰인지 숙소인지 모르게 화려하게 변해가지만
내 안에 무둥암 있다

동생 점이가 초2 때 무동산 소풍 가서 생긴 일이다
암자에서 스님을 만났고 인사를 해야 하는데 존칭을 몰라
짧은 머릴 돌려 뱉은 말 중님!
그 무공해 웃음이 아직 웃고 있고
스님께 우리의 안녕을 구했던 어머니
가까워서 잊고 지낸 언니 오빠의 안부를 전하려니
사뭇 경건해진다

눈 내려 보니 소싯적 우리들의 홈그라운드였던 너뱅이가
너뱅이의 꿈이 되어 그때를 상기라도 하듯 버티고 있다

사각사각

낙엽 뒤채는 소리
며칠 전 사다둔 베란다 국화분 위로 낙엽 몇 장 얹혔다
사는 게 별거라고?
잊고 지냈던 것들의 친밀감에 편안해진다
흐물거리던 껍질 단단해지고 내가 살찌는 가을
미처 보지 못한 시절인연
코로나19 시절에 같이할
동무 같은 앞산
초하루면 오르시던 어머니 모습 흐릿하다

희망사항

도로 확장을 한다고
길가 오래된 집 한 채 잡혀먹혔다
어떻게
어떻게
애초 집 같은 건 없었듯이 매끈하게 흐른다
그런 길 하나 만들 수 없을까
생각만으로 꽉 막힌
산더미 같은 공포로 부담으로
쓸데없는 것들이 붙들고 놓아주지 않는 밤을
헤매고 헤매다 돌아와도
내내 지울 수 없는 꿈이다
글밭의 경작

손주들

이미 태초에 시작되었다
멀고도 멀다는 몬테비데오나 부에노스아이레스에서
이슬비처럼 보슬비처럼 그 아이들은 그렇게 내게로 왔다
제 역할을 수행한 천태산 마고할미는 신이 났었고
꽃이 피었지 주렁주렁 맺혔지
지, 예, 솔, 찬 —
꿈을 펴올리는 든든한 두레박 끈들을
노을 쪽으로 기운 발걸음에도 웃음이 흐르는
하나가 아홉을 이기는 절대적인 사랑
이 아이들만 있으면 부러울 게 없다
뭐가 더 중헌디?

무궁화꽃이 피었습니다

있는 듯 없는 듯
없을 듯한 곳에도 꼭 있는
그런 꽃
가슴에 비수를 꽂고서야 피는 꽃
비루먹고 남루해도
피고 지고 또 피는
은근과 끈기의 꽃
한라에서 백두까지
이미 끝났거나
끝나지 않은 순간에도
피고 지고 또 피울
끝끝내 지지 않는 꽃
여기가 틀림없는 이승임을
맨살에 증명하는 꽃

저승꽃

격리

지나온 시간이 무너진다
'자가격리'란 말이 일상을 점령하고
자초한 외로움
자의의 벽마저 허물어지면
당연한 듯 살아온 자의가 힘을 잃는다
예측불허

물리적인 것과의 공포스런 대면
평범해서 놓쳤던 평범함의 그리움
생각을 점령당한 나는 이미 내가 아니다
격리의 가부좌 풀어 점령군을 몰아내자
예쁜 눈 마주보며 격리를 해제하자
자의란 얼마나 큰 우주인가
지금은 꼭 필요한 걸 놓친
우리를 뒤돌아봐야 할 때

격리가 준 격리를 일깨우며
스스로의 격리를 풀어낼 때
따뜻한 온기를 나눌 때

아직 덥다

여름의 끝인지 가을의 시작인지 헤매고 있는데
가을비란다

쉽게 들어보지도 못한 가을장마란다
뜻밖이다
기다리던 여름비는 길을 잃더니
심란한 마음은 증폭장치를 한 그리움

치고받던 생각 둥둥 떠다니고
그날을 기억하는 초침 가슴을 찌르고

산을 보아도 바다를 보아도
그날 앞에 멈춘
시퍼런 그리움
오지다

어떤 날

땅을 밟고 싶지 않은
땅을 차고 오르고 싶은
꽃을 피우고 싶은
대궁마저 싹둑 자르고 싶은
뭐가 제대로 풀리지 않은 날이다
실망에 기대에 그 무엇도 부질없음에도
스카이는 동경의 대상
어릴 적 땅을 찌르고 하늘 가까이 간 것도 스카이콩콩
스카이 스카이 목이 메어도
신기루처럼 맴돌던 스카이
답을 많이 알아야 갈 수 있다는 스카이
재미있다고 익사이팅하다고
인간이 걷고 싶어하는 길도 스카이웨이
원초적으로 가야 될 길임을 아는 까닭에
스카이 스카이 결국은 돌아가는 길
가다보면 갈 길을 놓치거나 잊어버리거나
갈수록 멀어지고 싶은
하늘 가는 길
정답 없이 가는 길
하늘 가는 길

기는 놈

나는 흙수저
태생부터 흙수저
네가 길 때 나도 기었고
네가 걸을 때도 나는 기었고
네가 뛸 때도 나는 기었고
네가 날 때도 나는 기었으니

기는 데는 내가 한 수 위
옛 말씀 받들어 한 우물을 판 거지
근면성실한 거지
나는 기는 놈
누가 뭐래도 기는 놈
알아서 기는 놈을 당할 자 없지
앞으로도 기는 놈
금수저가 될 때까지 기는 놈

어젯밤 이야기

매번 버리려고 한 재활용쓰레기 눈에 띈다
오늘 따라 눈에 거슬려
퇴근하고 들어서는 남편을 닦달한다
지금이 아니면
오늘이 아니면
당신이 아니면 안 된다고
귀가 멀어 소통이 되지 않았던 그날처럼 각을 세운다
자잘한 이런 일조차 시원하게 못해주냐며
한번 더 이러면 가만있지 않을 거라 각을 세우고
다시는 안 볼 것처럼 각을 세운다
대책도 없이 각을 세우고
미안함에 각을 세우고
당신한테 내가 보여
또 각을 세우고

Human

십수 년 전 꽃 같던 시절
영어를 가르친다던 그 남자
영어 단어는 love와 sex밖에 모른다며
너스레를 떨던 그 남자
광복 50주년이 광복 76주년이 되어서일까
무심히 전화기 너머 들려오는 소리
여전히 해방의 들뜬 그의 목소리
이제는 네가 woman아니라 human으로 보인다며
아직도 너스레를 떠는 그 남자
그새 시간이 많이 흘렀다는 걸까
그도 비로소 human이 되었다는 걸까

강서방

인이한테 잘해야 되네
난 딸이 하나지만 자넨 딸이 둘이니

은근슬쩍 으름장놓은 끝에
엄마 얼굴 따라온다

난 엄마에게 어떤 딸이었나요?

미안해요, 엄마!
미안해요, 엄마!

내가 엄마한테 한 그대로 받고 있어요
그래서 인이한테도 잘하라고 하는 거예요

잘 있겠지 하지 말고
잘 있을까 생각하며 핸드폰을 꺼내라고요

꽉 찬 목울음 속에
나풀거리며 손녀가 들어온다

꽃이 피었다고 다 봄이던가요

봄에 다친 마음은 여름이 치료하고
여름에 다친 마음은 가을이 치료하고
가을에 다친 마음을 겨울이 치료해줄 거라고
늘 믿음의 사계절이 있었지요
가끔 빗나간 일상은 마음약국에서 처방을 받고
또 봄을 여름을 가을을 겨울을 기다리며 살아가지요
다시 올 그 봄은 쓰여지지 않았기에 큰 희망으로 다가오고
작년에도 살아봤고 그 재작년에도 살아봤지만
다시 맞을 봄은 그 봄이 아니니까요
만날 리 만무한 어제와 오지 않은 내일에 사로잡혀
이젠 그렇게 살지 않으려구요
낙엽 진다고 가을이던가요
흰 눈이 내렸다고 세상이 다 덮이던가요

일상에서 기적을 보는 무한긍정의 힘

김남호/ 시인, 문학평론가

무릇 시인은 바보다. 현실적인 이해관계에 어둡고 감정이 앞서서 결코 이성적이지 못한 인간형이 시인이기 때문이다. 이필수 시인도 예외가 아니다. 그도 대책 없는 바보다. '엄마' 바보고, '손주' 바보고, '희망' 바보다. 그런 만큼 이 시집은 엄마에 대한 절절한 회한과 손주들에 대한 지극한 사랑과 희망에 대한 대책 없는 긍정으로 이루어져 있다. 이 세상은 똑똑한 사람들의 치밀한 계산에 의해서 계획대로 굴러가는 것이 아니라, 어쩌면 '바보'들의 우직함에 의해서 제 멋대로 굴러가는지도 모른다. 이 글은 그의 시에 비친 바보스러움을 통해 그가 스스로를 구원하고, 세상을 어떻게 헤쳐나왔는지를 살펴보려고 한다.

이 시집은 시인의 가족들에 대한 내용이 전체 분량의 절반쯤 차지한다. 지금껏 살아오는 동안 시인에게는 가족과 가정이 절대적이었다는 방증이다. "스무 살 가시내/가마타고 시집" 가서는 "새 신랑은 우인들 따라가버리고/ 올빼미처럼 홀로/ 첫날밤 밝힌 집"에서 "동서가 호랑이처럼 버티고/ 5분 거리 친정이 천 리 같았던"(「그 집 2」) 시집살이를 하며 살아오는 동안 그에게 가족이라는 언덕이 없었다면 어떻게 버텼겠는가? 물론 '가족'이란 이중적이다. 나를 응원하는 것도 가족이고, 나를 억압하는 것도 가족이기 때문이다. 하지만 여기서 말하는 '가족'이란 내가 의지할 수 있고 나를 지탱해주는 '내 편'들을 말한다.

1

그 '내 편'들 중에서 맨 앞자리는 의당 친정엄마가 아니겠는가. 한 세대 전만 해도 여성에게 친정엄마는 이 세상을 버티도록 하는 가장 구체적이면서 관념적인 힘이었고, 자신의 운명과 맞서도록 응원하는 가장 강력하면서도 무기력한 동지였다. 여자로 태어났으면 시집가서 가정을 꾸리고 아이 낳고 평범하게 사는 게 가장 잘 사는 것이라는 '정상가족의 신화'는 완고하고도 견고했다. 그래서 대부분의 여자들은 엄마처럼 살지 않으려고 발버둥치다가 결국 엄마처럼 살고 마는 비극적 아이러니를 넘어설 수가 없었다. 이렇듯 친정엄마를 바라보는 시선은 섭섭함과 미안함으로, 그리움과 야속함으로 분열될 수밖에 없다. 그러나 대개의 여성 시인들은 이 분열을 숨기고 어느 한쪽에 투사한다. 섭섭함이나 야속함은 괄호 치고 미안함과 그리움만 활짝 펼쳐서 보인다는 말이다.

아무리 문학작품은 상상의 산물이고, 현실 속의 '시인'과 시 속의 '화자'는 구분돼야 한다고 하지만 그렇게 이성적으로 시를 읽어주는 독자는 많지 않다. 시 속의 '나'는 곧 현실 속의 '나'라고 인식하는 탓에, 시인들은 주위 사람들의 눈으로 자신의 시를 바라보고 검열할 수밖에 없다. 그러다보니 아무리 문학작품이라고 해도 오해의 여지가 있거나 관계가 불편해질 수 있는 표현에는 조심스럽다. 진실을 말해서 상처를 주느니 아예 그런 상황을 피하거나 가능한 에둘러 말하는 게 지혜롭다고 여기는 듯하다.

시인들이 엄마에 대해 쓸 때도 그럴 것이다. 모든 엄마가 다 성녀聖女는 아니지 않은가? 그럼에도 시에 등장하는 엄마들은 헌신과 희생의 화신으로 묘사된다. 그런 줄 뻔히 알면서도 독자는 그런 시 앞에서는 매번 울컥한다. '엄마'에 관해서라면 누구나 비슷한 서사와 기억을 공유하고 있기 때문이리라.

엄마는 그랬다
무능한 군주를 왕좌에 앉힌 엄마는
수렴청정하듯 모든 걸 해치웠다
병명도 알 수 없는 군주의 병수발이며
이고 또 지고 나른 일상들이며
여섯이나 되는 자식을 밑천이나 되는 듯
몸빼 속에 여성을 감추고
투사처럼 해치웠다
무능한 군주 무엇으로 약발을 받았는지
거동할 기운 생기면
어김없이 드나들던 서포집

해질녘이면 아버지 모시러 가기 싫어
동생과 실로 사투를 벌였지
친구들이 볼까
안도보다는 늘 불안함이었던
취한 아버지 모시고 오던 길
아버지라는 이름만으로 군주가 될 수 있었던 그때
수렴청정 끝내 내려놓지 못하신 어머닌
뭇내 나는 가난을 말리며
박꽃처럼 웃으셨지

—「수렴청정」 전문

이 시에서 그려진 엄마는 "몸빼 속에 여성을 감"춘 "투사"로서 "무능한 군주"인 아버지를 대신하여 "여섯이나 되는 자식"을 거두어내는 영웅적인 면모를 보여준다. 반대로 아버지는 "병명도 알 수 없는" 환자로 지내다가 "무엇으로 약발 받"아 "거동할 기운이 생기면" 술집(서포집)을 찾는다. 나와 동생은 술집으로 아버지를 모시러가는 게 싫어 "사투"를 벌인다. 혹시라도 친구들이 그런 모습을 볼까 마음을 졸이는 탓이다. 엄마는 끝내 "수렴청정"이라는 가장의 역할을 피하지 못한 채 "뭇내 나는 가난을 말리시며/ 박꽃처럼 웃으셨"다.

시인의 눈에 비친 엄마의 모습은 끝까지 의연하다. 하지만 언뜻언뜻 내비치는 '영웅'의 고뇌는 아프다. "폭우가 퍼붓던 날 한 잔 한 옆집/ 천센의 단정치 못한 말들이 범람을

했지만/ 내가 언제!/ 증명할 수 없을 만큼/ 하늘은 높아 있었고/ 꽃이 된 엄마가 박제되어 걸"(「그 집 1」)려 있다. 무례한 이웃의 폭언으로 상처 입은 엄마의 모습은 하얗게 질린 '박꽃'으로 시인의 기억 속에 박제되어 있다.

모든 고통을 감수하고 '여성'을 몸빼 속에 숨긴 채 남자처럼 일하고 행동하는 엄마의 모습은 성스럽긴 하지만 비현실적이다. 아버지를 대신해서 억척스럽고 힘들게 살았던 젊은 날의 엄마를 기억할 때보다도 늙고 병들어가는 엄마의 말년을 기억할 때가 시인에게는 더 가슴 아프고 독자들에겐 더 울림이 크다.

> 오늘도 구순의 엄마께 가지 못하네
> 가면 될 것을
> 그냥 가면 될 것을
> 피가 끓는 안부 끝에 엄마를 매달고도
> 내 사는 형편이 족쇄가 돼서
> 그 족쇄 엄마보다 훨씬 힘이 세서
> 오늘도 가지 못한 채
> 마음만 공회전하네
> 한 발짝도 내딛지 못하고
> 바싹 타는 마음만
> 시커멓게 시커멓게
> 공회전하네
>
> —「공회전」 전문

“피가 끓는 안부 끝에 엄마를 매달고도” 갈 수 없는 마음을 두고 공회전이라니, 이보다 더 적절한 표현이 있을까. “시커멓게 시커멓게” 타이어 타는 연기를 피우면서도 한 치도 앞으로 나아가지 못하게 붙들고 있는 현실이라는 족쇄! 가슴 한 구석에 꺼져가는 엄마를 두고, 밥벌이에 매여서 옴짝달싹할 수 없는 자의 애달픈 그리움이라니. 임종을 지키지 못했다는 죄의식이 얹히면서 더욱 가혹하게 시인을 괴롭힌다.

부적처럼 걸고 다니던 목걸이를
풀어주실 때까지 몰랐네
눈뜨면 이승이고 눈감으면 저승인 줄을
서울 언니보다 부산 동생보다 엄마 찾는 횟수가 적어도
내일 또 내일하며 하루하루를 밀어내고 있었지
아득한 그 길이 지척인 줄 모르고
그해 유난히 빛났던 봄날
쉽게 접할 수 없는 공연을 보고 흥얼거리며 집으로 왔지
엄마의 마지막 공연을 놓친 줄도 모른 채
나하고는 무관한 듯 소풍을 끝내신 어머니
“어서 가거라 바쁠 텐데…”
기다렸다는 듯이
돌아서 나오는 발걸음이 이렇게 가벼워도 되는가

—「탈고할 수 없는 시」 부분

이미 임종을 예감한 엄마는 "이젠 아무것도 필요없다며/ 부적처럼 걸고 다니던 목걸이를" 유언처럼 풀어주셨는데 나는 그때까지도 알아채지 못한다. 엄마의 눈꺼풀 바깥에 당신의 저승이 당도해 있는 줄은 알았지만, 하루 이틀 지나는 동안 긴장은 풀려서 엄마의 마지막은 멀리 유예되었다고 믿고 싶었을 것이다. 그러니 그런 엄마를 두고 "어서 가거라 바쁠 텐데…"라는 말에 발걸음도 가볍게 그곳을 벗어나지 않았겠는가. 그날 시인은 엄마의 어두운 그늘로부터 벗어나서 "쉽게 접할 수 없는 공연"까지 보고 모처럼 기분이 좋아 "흥얼거리며 집으로" 오지 않았겠는가. 정작 "엄마의 마지막 공연을 놓친 줄도 모른 채" 말이다.

세상에서 가장 기막힌 공연은 커튼콜을 외치며 객석에서 무대를 향해 기립박수를 보내는 공연이 아니다. 내가 그 공연의 등장인물이 돼버리는 참담한 공연이다. 내가 무대에서 캄캄한 객석을 바라보며 어리둥절하게 서 있는 공연. 관객이 배우가 되는 건 누군가에게는 꿈이겠지만, 누군가에게는 영원히 벗어날 수 없는 비극이 되고 만다. 우리는 모두 관객이었다가 마침내 배우가 된다. 울어주는 조연이었다가 울음을 받는 주연이 되고 만다. 삶이란 그래서 연극이고, 죽음 또한 삶의 한 부분이다. 불행히도 우리는 삶이 아니라 죽음으로부터 배운다.

백내장이 왔다
어른거리는 글자 속에 엄마가 보인다
그때였었지

엄마가 백내장 수술을 하려던 때가
말도 때가 되어야 들리는가
이제야 선명해지는 그때 그 말씀들
흐릿해져서야 들리는 말씀들
자꾸 눈이 매워지는 그 말씀들
만질 수 없는 말씀들
이제야 선명히 보인다
잘 살아볼게요
애꿎은 돋보기만 닦고 또 닦으며

—「흐려서 선명해지는」 전문

엄마처럼 백내장 수술을 받으며 엄마를 생각한다. 엄마의 병력病歷을 내가 따라가며 엄마의 말씀을 되새긴다. 그때는 흘려들었던 그 말씀들이 오늘에야 선명하게 들린다. 맞다. "말도 때가 되어야 들리는" 법이다. 귀가 있다고 다 들리는 게 아니다. 눈이 있다고 다 보이는 게 아니듯이. 백내장 수술을 하자 눈이 뜨인 게 아니라 귀가 뜨이는 이런 부작용이라니. 말씀은 귀로 들었는데 "자꾸 눈이 매워지는" 이런 후유증이라니. 눈이 매웠는데 뜬금없이 "잘 살아볼게요" 고백하고 마는 이런 황당한 사태라니.

엄마는 이런 존재다. 끝없이 자식을 훈육한다. 심지어 자신의 죽음으로써 자식의 훈육을 완성한다. 자식은 이런 존재다. 어미가 죽어야 겨우 보이고 들리고 깨닫는다. 더 정확히는 어미를 죽여야 가까스로 깨닫는다. 그런 점에서 우리는 살모사다. 아니다. 우리는 바보다. 평생에 걸쳐 어미를 죽여놓고도 자기가 무슨 짓을 했는지 몰라서 우두망찰 서 있는 바보다. 엄마가 살았을 때는 엄마를 몰라보는 바보고, 엄마가 죽고 나서는 엄마를 놓아주지 못하는 바보다. 어이없는 바보고 어리석은 바보다.

2

'엄마 바보'가 되는 데는 평생이 걸려도 '손주 바보'가 되는 건 순식간이다. 피의 독특한 작용 때문이다. 피는 멀수록 뜨겁다. 자식에게는 데면데면하거나 심지어 성가셔 하던 사람들이 손주에게는 바보가 되고 만다. "자식이 이렇게 예뻤으면 열도 더 낳았겠다!"는 말은 빈말이 아니다. 손주에게라면 사랑하는 것 말고는 선택의 여지가 없다. "몰빵이다"(「행복한 위장」). 바보란 "지능이 부족하고 어리석어서 정상적으로 판단하지 못하는 사람"이라고 사전에 쓰였다. 손주를 대하는 할머니(할아버지)들의 사고와 태도는 바보의 사전적 정의에 완벽하게 들어맞는다. 어느 정도냐면 이렇다.

유모차에 곤히 잠든 아가를 볼 때도

총총총 걸어가는 아이를 볼 때도

장난감 사달라고 떼쓰는 아이를 볼 때도

넓고 텅 빈 운동장을 볼 때도

—「너만 보인다」 전문

세상의 모든 아기는 다 내 손주다. 유모차에서 잠든 아이한테서도, 총총총 걸어가는 아이한테서도, 떼쓰는 아이한테서도, 심지어 아이와 놀았던 텅 빈 운동장에서조차도 내 손주만 보인다. 이건 중증이다. 아주 위험한 인식장애가 아닐 수 없다. 그러나 이 중환자는 행복해서 미칠 지경이다. 보라, 그의 위독한 병증을.

외줄을 탄다
단단한 희열이다
익히 아는 세상은 없다
첫사랑이다
이천칠년 십삼일의 금요일 진시
맑고 밝은 지혜의 근원
— 지원智原
내 인생 3막의 시작이다

—「강지원」 전문

모든 사랑에는 배신을 대비한 안전장치가 있어야 내가 덜 상처받겠지만 손주 사랑에는 안전장치가 필요 없다. 외줄이다. 도 아니면 모, 살기 아니면 죽기다. 무모하다. 그러니 나와 손주 사이에는 '사랑하는 것' 말고는 다른 세상이 없다. 그런 점에서 맹목적인 이 사랑은 첫사랑과 닮았다.

내가 주인공이었던 때가 1막이고 자식이 주인공이었던 때가 2막이라면 손주는 3막의 주인공이다. "지원智原"은 아마도 손녀의 이름일 테지만 "맑고 밝은 지혜의 근원"은 손녀의 이름 풀이에만 한정되지 않는다. 3막의 주인공에 대한 이 세상 할머니(할아버지)들의 간절한 '오마주'다.

이미 태초에 시작되었다
멀고도 멀다는 몬테비데오나 부에노스아이레스에서
이슬비처럼 보슬비처럼 그 아이들은 그렇게 내게로 왔다
제 역할을 수행한 천태산 마고할미는 신이 났었고
꽃이 피었지 주렁주렁 맺혔지
지, 예, 솔, 찬 —
꿈을 퍼올리는 든든한 두레박 끈
노을 쪽으로 기운 발걸음에도 웃음이 흐르는
하나가 아홉을 이기는 절대적인 사랑
이 아이들만 있으면 부러울 게 없다
뭐가 더 중헌디?

—「손주들」 전문

이 보배들은 도대체 언제 어디에서 내 곁으로 왔을까. 이미 태초에 우주가 형성될 때부터 내 손주는 점지되었을 것이고, 지구의 반대쪽 "몬테비데오나 부에노스아이레스에서"부터 시공을 넘어 "이슬비처럼 보슬비처럼" 내게로 왔을 것이다. "제 역할을 수행한 천태산 마고할미는 신이 났"을 테고, 이 아이들은 우연이 아니라 어떤 필연으로 나에게 와서 주렁주렁 꽃으로 맺혀 있는 게 아니겠는가.

"노을 쪽으로 기운 발걸음에도 웃음이 흐르는/ 하나가 아홉을 이기는 절대적인 사랑"이라니. 이미 생의 눈금은 절반을 지나 죽음 쪽으로 기우는데도 나에게 "웃음이 흐르"게 하는 기적 같은 존재들, 그들과 절대적인 사랑을 나누는 할머니(할아버지)들을 두고 어찌 바보라고 하겠는가. 아니, 어찌 바보가 아니라고 하겠는가. 하지만 이 바보는 되묻는다. "뭐가 더 중헌디?"

갑자기 손주가 온다고 전화가 왔다
어젯밤 사소한 일로 다툰 우리 부부는
싸움부스러기를
위장하고 덮느라 바쁘다

사소한 일에 발끈하곤 하던 내가
어젯밤에도 사소한 일에 목숨을 걸었다
잘 먹지 않은 화장처럼 불편한 심기는
손주가 온다는 전화로 일단락되고
언제 그랬냐는 듯 신이 난 남편을 보니
따라서 슬그머니 평화로워진다
치약 짜는 일까지 다른 우리가
손주 앞에선 하나가 된다

—「행복한 위장」 부분

사랑의 권력 관계는 특이하다. 더 사랑하는 쪽이 약자다.

누군가를 절대적으로 사랑을 한다면 그는 절대적으로 약자인 셈이다. 가장 강한 존재가 신이라며, 신 앞의 인간은 무력하다. 그 무력함은 신에 대한 사랑으로 충전될 때 무소불위한 신의 권능을 얻게 된다. 이게 신앙의 원리다.

갑자기 '그분'이 강림하신다는 기별이 왔다. '우리 부부'는 '그분'을 영접하기 위해 분주하다. 어젯밤 부부싸움의 부스러기를 '그분'에게 보여서는 안 된다. 치약을 짜도 한 사람은 허리부터 눌러 짜고, 한 사람은 아래서부터 밀어 짜는 게 우리 부부인데 갈등이 왜 없겠는가. 그리고 그 갈등의 끄트머리는 아직 풀리지 않은 상태라 여전히 혼란스러운데 '그분'이 오신다는 소리에 혼란은 가려지고 덮여진다. 그리고 신을 경배하는 자의 표정으로 우리 부부는 하나가 된다.

신의 위력은 신에게서 비롯되는 게 아니라 그 신을 경배하는 자의 무한한 믿음에서 비롯된다는 건 현대종교학의 정설이다. '손주교도'들도 마찬가지다. 할머니(할아버지)의 힘은 손주를 사랑하는 그 힘에서 기인한다. 그 힘은 절대적이다. 그 사랑이 절대적이듯이. 그래서 바보들은 힘이 세다. 그들은 "지능이 부족하고 어리석은" 대신에 "몰빵"할 줄 안다. 한낱 물방울도 "몰빵" 하면 바위를 뚫지 않던가.

3

자고로 어느 영역에도 속하지 못한 경계는 불온하고 위태롭다. 이 바보들이 괴로운 건 경계에 서 있을 때다. 엄마와 딸 사이의 경계. 엄마한테 저지른 불효에 대한 대가를 내가 딸을 지켜볼 때의 안타까운 마음으로 벌받을 때의 괴로움이 그렇다. '내가 세상을 바라보는 그 눈으로 신은 나를 바라본다'고 했다. 보는 내가 곧 보이는 나이다. 부모 자식도 그렇다. 내가 딸을 바라보는 눈이 바로 엄마가 나를 바라보는 눈이다.

인이한테 잘해야 되네
난 딸이 하나지만 자넨 딸이 둘이니

은근슬쩍 으름장놓은 끝에
엄마 얼굴 따라온다

난 엄마에게 어떤 딸이었나요?

미안해요, 엄마!
미안해요, 엄마!

내가 엄마한테 한 그대로 받고 있어요
그래서 인이한테도 잘하라고 하는 거예요

잘 있겠지 하지 말고
잘 있을까 생각하며 핸드폰을 꺼내라고요

꽉 찬 목울음 속에
나풀거리며 손녀가 들어온다

—「강서방」 전문

나에게 딸은 '인이' 하나다. 딸에게는 딸이 둘이다. 자나 깨나 내 걱정은 딸이 사위로부터 제대로 위함받고 살고 있는가 하는 거다. 그런데 장모가 사위한테 딸을 부탁하는 표현이 재미있다. "인이한테 잘해야 되네/ 난 딸이 하나지만 자넨 딸이 둘이니". 이 말을 풀어서 하면 이렇겠다. "나에게는 하나밖에 없는 딸이니 자네가 자네의 딸들을 위할 때보다 우리 인이를 위할 때는 두 배는 더 잘 위하시게!"

딸을 걱정하다가 문득 보인다. 엄마가 나를 생각하는 그 마음이. "난 엄마에게 어떤 딸이었나요?" 엄마한테는 내가 바로 당신의 '인이'가 아니었겠는가. 그러니 엄마는 사위를 붙들고 얼마나 당부하고 싶었겠는가. '자네, 우리 필수한테 잘해야 되네!' 그러므로 "미안해요, 엄마!"는 나를 접는 선으로 해서 접으면 "미안하다, 딸아!"와 정확하게 포개질 것이다. 하여 전통적인 여자의 삶은 '나'를 축으로 친정엄마와 딸을 대칭으로 펼쳐놓은 데칼코마니에 다름아니다.

그런데 이 애틋한 사랑의 대물림이 비통함으로 떨어지지 않고 중력을 거부하며 한 단계 비약하는 건 (외)손녀의 등장 때문이다. 딸을 걱정하면서 엄마를 그리워하는 나의 "꽉 찬 목울음 속"을 나풀거리는 손녀가 탄산음료처럼 끼어들면서 숨통을 틔어주는 게 아닌가.

4

좋은 시는 비극적 상황에서도 비극으로 떨어지지 않고 바닥을 치면서 그 탄력으로 다시 더 높게 튀어오르는 시다.

이필수의 좋은 시가 빛나는 지점이기도 하다. 다음 시편이 그 좋은 예이다.

기지개를 켜며 사지를 죽 뻗을 수 있어서
손끝에 힘줘 머리 밑을 박박 씻을 수 있어서
오른손 왼손 번갈아 머릴 말리고
따뜻한 물 한 잔 건네며 아침 인사를 하고
시래깃국 끓일 수 있는 저녁이 있어서

국정을 농단할 힘은 없지만
어두우면 밝힐 수 있는 촛불이 있어서

더하지만 말고 빼보면 안다지
행복이 바로 곁에 있다는 것을
누진세 없는 행복 맘껏 누릴 수 있어서

뭐든 희망할 수 있는 내일을 꿈꾸며
몇 십 년을 갈아도 무디기만 한 시심詩心이
어느 순간 돌연 탁 튈 것 같은 기대로 가득 찬
그런 오늘이 있어서

—「오늘이 좋은 몇 가지 이유」 전문

오늘이 좋은 이유는 특별한 일이 기다리고 있어서가 아니다. 아무런 일이 없어서다. 내 몸을 다쳤거나 집안에 변

고가 생긴 것이 아니라 어제처럼 오늘도 아무 탈 없이 무사하다는 것만큼 감사한 일이 어디 있겠는가? 집안이 무사하고 나와 가족이 건강하다는 것, 아무리 누려도 줄지 않는 행복이 바로 내 곁에 있다는 것, 어쩌면 내일은 멋진 시가 써질지도 모른다는 기대로 부푼다는 것, 이게 바로 기적이다. 소소한 일상의 기적!

일상에서 기적을 보는 시인의 사유는 세상에 대한, 그리고 삶에 대한 무한긍정에서 기인한다. 그리고 이 긍정의 힘은 어느 날 불쑥 생겨난 것이 아니다. 사람들이 "인생 그거 별 거 아니다"라고 말하며 인생을 통째로 퉁칠 때 시인은 "인생 참 별 거더라"(「사는 게 별 거지」)며 하루하루를 나누어 금을 매긴다. 시인에게는 순간순간이 모두 별 거고 사사건건이 모두 별 거다. 그에게 별 거 아닌 건 없다. 일상의 기적은 바로 범사凡事에 감사하는 그 믿음이 만든다.

그에게 "오늘이 좋은 이유"는 곧 "내일이 좋은 이유"로 이어질 것이고, 나아가 "이번 생이 좋은 이유"가 될 것이다. 그리고 그 이유들은 너무도 사소하고 흔해서 쉽게 사라지지도 않을 것이다. 이 세상을 천국으로 만드는 사람은 훌륭한 정치가나 위대한 사상가가 아니다. 길가에 지천으로 핀 들꽃에다 힘들여 물을 길어다주는 바보처럼, 사소하고 미미하고 흔한 일상을 아끼고 지키고 가꾸는 사람이다. 그리고 그 일이 천직이라고 믿는 사람이 시인이다. 이필수 시인도 예외가 아니다. 그도 대책 없는 바보다.

현대시세계 시인선 137
오늘이 좋은 몇 가지 이유

지은이_ 이필수
펴낸이_ 조현석
기 획_ 고영, 박후기
펴낸곳_ 북인
디자인_ 푸른영토

1판 1쇄_ 2021년 12월 12일
출판등록번호_ 313 - 2004 - 000111
주소_ 121 - 842 서울 마포구 서교동 467 - 4, 301호
전화_ 02 - 323 - 7767
팩스_ 02 - 323 - 7845

ISBN 979-11-6512-137-2 03810

책값은 뒤표지에 있습니다.
저자와 협의 아래 인지를 생략합니다.

이 책은 사)한국예총 하동지회로부터 발간비 일부를 지원받아 제작되었습니다.